Mohamed BACHKAT

Le Gourou aux yeux jaunes : le dual

© 2024 Mohamed BACHKAT
Édition : BoD · Books on Demand,
31 avenue Saint-Rémy, 57600
Forbach, bod@bod.fr
Impression : Libri Plureos GmbH,
Friedensallee 273, 22763 Hamburg
(Allemagne)
ISBN : 978-2-3224-9788-1
Dépôt légal : Avril 2025

Introduction

Les histoires se réécrivent indéfiniment dans des mondes parallèles et vous savez qui est le maître de tous les univers. Le Gourou aux yeux jaunes a vécu ses aventures une fois avec le président de la République et les généraux 5 étoiles contre John 3 et Le Général Kuskov. Et si le narratif se racontait une deuxième fois dans un dual ? De nouveaux personnages, de nouvelles confrontations de nouvelles situations se relatent et c'est autour de l'armée secrète du Gourou aux yeux jaunes d'opérer.

Mo vit à Toulouse, il est ingénieur informaticien et

dépose des brevets. Il a travaillé pour les banques françaises, dans l'énergie et dans l'aéronautique. Il a découvert une nouvelle formule mathématique en arithmétique et son ami Fred l'a envoyé dans des applications de chiffrement.

Mo travaille dans les SSII pour un boulot alimentaire mais sur son temps libre il dépose des brevets comme l'optimisation du déchiffrement et de la signature d'un cryptosysteme, le plus utilisé au monde le RSA. L'innovation il connaît mais la commercialisation c'est une autre de pair de manche.

Il s'est battu avec les Nauséeux pour que ses brevets soient acceptés et délivrés. Il a eu gain de cause finalement, du moins en apparence.

Mais la vie nous rattrape et il est obligé de retrouver du travail. Comme il existe une clause de concurrence dans le numérique il est amené à travailler dans le bâtiment en Intérim. Il n'y a pas de sous métier.

Le bâtiment est un univers spécial et il le découvre en parlant avec ses collègues. Il s'entretient avec des artisans et les échanges sont riches. Il en tire des enseignements très intéressants lui qui voulait aussi créer son entreprise.

Premièrement les grosses familles tiennent tout surtout dans le Btp. Et les pauvres petits entrepreneurs n'auront jamais les contrats des appels d'offres, en l'occurrence pour les marchés publics. Tout est verrouillé dans tous les domaines, tout est cristallisé en France. En France ? Dans le monde et il avait constaté aussi aux USA lors de son voyage à Los Angeles où l'ascenseur social est bloqué. Aucun nouveau milliardaire explose. C'est la fin. Et il retrouve sa situation bloquée dans son univers.

La Formule

Amphi D03. Une lumière blafarde filtrait à travers les stores poussiéreux. Les chaises grinçaient sous les étudiants endormis. Mo, lui, griffonnait dans son cahier quadrillé, un œil sur le tableau, l'autre perdu dans une autre dimension.

Fred, assis à côté, lui jeta un regard en coin.

— Tu suis quelque chose, ou t'es encore en train d'inventer une IA qui lit les pensées ?

— Non, pire, murmura Mo. Je crois que j'ai trouvé un truc sur les nombres premiers.

— Ah non, tu recommences avec ton délire d'arithmétique. Personne n'en a rien à foutre de l'arithmétique, Mo. C'est mort depuis Euclide.

Mo esquissa un sourire, et tourna son cahier vers Fred. Une série de symboles, de courbes, et une démonstration partielle.

— Regarde. Ce n'est pas mort, c'est dormant. Là, je crois que j'ai un pattern. Pas une formule magique, mais un raccourci. Quelque chose de plus rapide pour isoler les grandes classes de nombres premiers.

Fred plissa les yeux. Il ne comprenait pas tout, mais il savait reconnaître l'odeur du génie.

— Et tu penses que ça peut servir à quoi, ton truc ?

— Si ça marche, on peut raffiner les clefs RSA. Ou même réduire les collisions dans certaines fonctions de hachage. Ce n'est pas juste un jeu de matheux. C'est… un levier.

Fred se redressa un peu. Son cerveau d'hacker tournait déjà.

— T'as déjà essayé de l'implémenter ?

— J'ai commencé hier soir. C'est lent, mais prometteur. Si on parvient à automatiser la détection du motif, on peut faire tomber un pan entier du système de chiffrement actuel.

Silence. Puis Fred souffla :

— T'es en train de me dire que t'as trouvé un embryon d'arme nucléaire mathématique, et tu me le balances comme si c'était une blague ?

Mo haussa les épaules.

— Je ne suis pas sûr que ça change quoi que ce soit. Les mecs comme nous, ils ne nous laisseront jamais entrer dans le jeu.

— Alors on joue en souterrain.

Ils échangèrent un regard. C'était plus qu'un accord tacite : c'était la naissance d'un pacte.

Mo n'avait jamais craint les équations. C'étaient les gens, les papiers administratifs, les silences gênés dans les bureaux de l'administration, qui l'épuisaient.

Il était entré à l'école sur dossier, boursier, premier de sa promo en prépa. Une fierté de courte durée. Une semaine après la rentrée, le service social lui apprenait que sa bourse était suspendue, le temps de "réexaminer son dossier".

— Vous comprenez, monsieur, il nous manque un justificatif de l'année précédente.

— J'étais en prépa. J'ai déjà envoyé tout ce qu'il fallait.

— Oui mais il y a eu un changement dans la grille des revenus. Revenez dans deux mois.

Deux mois. Sans argent. Sans aide. Sans famille pour l'aider. Deux mois à survivre.

Mo dormit d'abord sur un matelas dans la chambre d'un camarade compatissant. Puis sur un banc, une nuit, dans un couloir vide. Puis dans une salle machine, entre deux serveurs qui ronronnaient comme des animaux électroniques.

Il se lavait à l'eau froide, planquait des biscuits secs dans ses poches, faisait semblant d'aller manger au RU pour ne pas avoir à expliquer. Il bossait la nuit, dormait à moitié en amphi, et codait des algorithmes entre deux accès de toux.

C'est à cette époque qu'il sentit les premières douleurs

thoraciques. Une sorte de poids diffus, qui revenait quand il avait trop froid ou trop faim. Il n'en parla pas. Pas de mutuelle, pas le temps, pas envie.

Fred avait compris. Il ne posait pas de questions, mais lui filait des Tupperwares remplis quand il pouvait.

— Tu vas tenir ?

— Je suis là, non ?

— Ouais. Mais t'as des cernes qui te font ressembler à un panda albinos.

Mo sourit, faiblement. La douleur montait. Pas dans le corps. Dans l'esprit. Cette impression d'être un infiltré, un passager clandestin dans un monde réservé aux héritiers, aux fils de, aux enfants bien nés. Lui, il était juste là grâce à ses neurones. Et ce n'était pas suffisant.

Il validait ses partiels. À peine. Il compensait par des projets brillants, des démonstrations audacieuses, des présentations techniques qui laissaient les profs perplexes. Mais à la fin, c'est le système qui décidait. Et le système, lui, ne voulait pas de Mo.

Les Années Mécaniques

Première année – L'exil

L'entrée à l'école d'ingénieur avait été un rêve de papier. Une lettre d'admission, un sourire discret, puis l'exode. Toulouse–

Paris. Un aller simple pour tenter de décrocher une place dans le monde des grands.

Mo n'avait pas de plan. Il avait une valise, un ordinateur portable en fin de vie, et une sœur. C'est elle qui le porta à bout de bras. Chaque mois, elle faisait l'aller-retour en voiture, depuis Toulouse. Elle lui apportait des plats préparés, des billets de train pour descendre quand il fallait, des mots d'encouragement surtout.

— Mange. Bois de l'eau. Et dors, Mo. Le reste, on gérera.

Elle payait une partie de son loyer, l'aidait à remplir des dossiers d'aide, lui avançait parfois de l'argent pour survivre. Sans elle, il aurait abandonné.

Mais il n'osait rien dire. Juste un merci, les yeux baissés. Trop de fierté pour pleurer, pas assez de forces pour se révolter.

Deuxième année – Le ballon et le vertige

Cette année-là, Mo s'échappa dans le foot. L'association sportive était devenue sa bouée. Deux entraînements par semaine, des matchs contre d'autres écoles, des tournois. C'était sa seule manière de respirer, de se sentir vivant, utile, reconnu.

— T'as un bon pied gauche, mec, lui disait le capitaine. Pourquoi t'as jamais joué en club ?

Il haussait les épaules. Il n'en savait rien.

Mais le temps s'évaporait. Le stress montait. Les semaines devenaient floues. Le sport lui prenait de l'énergie, et les cours, eux, devenaient flous. Les révisions ? Trop tardives. Les partiels ? Approximatifs.

Les résultats tombèrent comme une douche froide : ajourné sur plusieurs modules. La sentence tomba : redoublement évité de justesse, grâce à un rattrapage. Il sauva sa place, mais pas son estime.

— Faut que je me recentre, marmonna-t-il à Fred.

Fred leva les yeux de son clavier :

— Le ballon c'est bien, mais t'es pas Messi, frère. Toi, ton terrain, c'est le code.

Mo sourit. À moitié.

Troisième année – Le souffle court

La dernière année fut un mélange étrange de soulagement et de tension permanente.

Les cours devenaient plus techniques, plus spécialisés. Mo adorait ça. Il retrouvait l'excitation de comprendre, de bidouiller, d'inventer. Il passait des nuits sur des simulateurs, écrivait des rapports brillants. Mais il ne pouvait pas souffler complètement.

Les problèmes administratifs, eux, n'avaient jamais cessé.

— Il nous manque une signature sur votre convention de stage.

— Votre numéro INE ne correspond pas à notre base de données.

— Il faut repasser au CROUS pour vérifier votre dossier.

— Votre carte étudiant est désactivée.

Chaque mois, une nouvelle absurdité. Des heures perdues à courir entre des bureaux fermés, à re-remplir des formulaires qu'il avait déjà envoyés trois fois. À ce stade, il aurait pu faire un doctorat en bureaucratie française.

Il termina son cursus sans mention, sans fanfare. Mais il termina.

Et ça, c'était déjà une victoire.

Trois vies pour une

Les stages furent pour Mo une révélation.

Enfin du concret. Du code. Des systèmes vivants. Il se sentait chez lui entre les lignes de SQL, les classes Java, les logs serveurs. Il comprenait vite, il apprenait encore plus vite. Le stress des open spaces ne lui faisait pas peur. Il y avait un rythme, une urgence, une logique.

Mais ce qu'il préférait, c'étaient les données. L'analyse. Les flux. Les corrélations invisibles entre des millions d'enregistrements.

Alors quand le choix du mémoire arriva, il n'hésita pas longtemps : "Optimisation d'un SID Datawarehouse pour une place de marché". Un sujet austère en apparence, mais fascinant pour lui. Il voulait rendre les données intelligentes, vivantes, capables d'éclairer des décisions.

Il se plongea dans le monde du décisionnel : cubes OLAP, ETL, architecture en étoile, agrégations. Il décortiquait les pipelines de traitement comme d'autres démontent des montres suisses.

Mais en parallèle, Mo avait déjà enclenché un second moteur : son projet d'innovation.

Chaque soir, après sa journée en entreprise, il rentrait chez lui, s'enfermait dans sa chambre minuscule et ressortait ses carnets. Là, il traçait ses idées, testait des hypothèses, écrivait du code de chiffrement. Il pensait à l'optimisation du RSA, à la réduction du temps de signature, à la sécurité des transmissions.

Son ordinateur chauffait autant que son cerveau.

Fred l'encourageait de loin, lui donnant des coups de main sur les aspects réseaux ou système. Mais Mo était seul maître à bord. Il savait ce qu'il voulait : un brevet. Un vrai. Quelque chose de tangible. Un saut dans l'Histoire, pas juste une ligne sur un CV.

Et pourtant, il ne pouvait pas tout lâcher.

Le jour, il était consultant junior dans une boîte de services. Des missions dans la banque, dans la distribution, dans l'assurance. Beaucoup de PowerPoint, beaucoup de réunions inutiles. Mais parfois, une mission intéressante lui permettait de toucher aux entrepôts de données d'une grande entreprise. Là, il reprenait vie.

La nuit, il redevenait chercheur, hacker, ingénieur. Son innovation avançait. Lentement. Mais sûrement.

Il vivait trois vies. Il en maîtrisait aucune.

Mais il continuait. Parce qu'il n'avait pas le choix. Parce qu'il sentait, au fond de lui, que quelque chose d'énorme se préparait.

Les Nauséeux

L'école, c'était fini. Plus de partiels, plus de grilles de notation, plus de faux-semblants pédagogiques.

Mo était officiellement dans le monde du travail. Et il sentit très vite que ce monde-là était beaucoup plus codé que tous les langages informatiques qu'il connaissait.

Il était consultant. Un badge. Une adresse e-mail de mission. Un manager qui change tous les six mois. Il faisait le job. Entrepôts de données, outils décisionnels, reportings automatisés pour des directions marketing qui ne lisaient jamais les rapports.

Mais en lui, une autre mission prenait de plus en plus de place : déposer son premier brevet.

Il avait peaufiné son idée. Testé. Codé. Validé les performances. Il tenait une optimisation concrète du déchiffrement RSA, combinée à une méthode inédite de signature accélérée, applicable sur tous les systèmes classiques. Une avancée réelle. Majeure. Réplicable.

Il croyait naïvement qu'un dépôt de brevet relevait du bon sens et de la procédure. Il avait tort.

La première barrière, ce fut le vocabulaire juridique. Des heures à traduire ses idées en jargon administratif. La deuxième, ce fut le coût. 600 euros pour le dépôt de base, sans compter les extensions, les taxes à répétition, les éventuelles traductions pour l'international. Et la troisième barrière, la plus sournoise, ce fut eux.

Les Nauséeux.

C'est comme ça qu'il les appela.

Ceux qui souriaient dans les couloirs. Qui disaient :

— C'est intéressant, mais t'es sûr que c'est vraiment innovant ?

— Pourquoi tu veux le faire tout seul ? T'as pas envie qu'on en parle à la direction R&D ?

— Et puis... Tu veux en faire quoi, exactement ? T'as pas peur que ça tombe dans l'oubli ?

Mo les avait repérés. Les sceptiques professionnels. Les fossoyeurs d'idées. Ceux qui freinent en silence, qui t'isolent subtilement, qui t'envoient des mails "en copie" pour ne rien dire mais tout bloquer. Ceux qui protègent le statu quo comme un trésor.

À plusieurs reprises, il sentit que des portes se refermaient derrière lui. Des collègues qui changeaient d'attitude. Des managers qui annulaient des réunions prévues. Un directeur innovation qui, soudainement, "n'avait plus le temps".

Mo comprit. Son idée dérangeait. Et lui, surtout, dérangeait. Il n'était pas adoubé. Pas dans les cercles.

Pas dans le "réseau". Il venait d'en bas, et il voulait grimper avec autre chose que des compromis.

Mais il ne lâcha rien.

Il déposa son brevet. Seul. Avec les moyens du bord. Il envoya tout à l'INPI, avec un dossier complet, propre, sourcé.

Puis il attendit.

Et pendant ce temps, il bossait toujours. Le jour, comme consultant. La nuit, comme pionnier. Chaque jour, un peu plus seul. Mais chaque jour, un peu plus déterminé.

La Délivrance

Un matin gris de septembre, un courrier officiel tomba dans sa boîte aux lettres.

INPI – Notification de délivrance.

Mo resta figé. Il avait failli ne plus y croire. Il déchira lentement l'enveloppe, relut la lettre deux fois. Trois fois. Puis s'assit. Un silence épais l'entourait, plus fort que tous les applaudissements du monde.

Il l'avait fait.

Contre les vents, les Nauséeux, les labyrinthes administratifs, l'isolement. Son brevet était officiellement délivré. Un papier qui reconnaissait qu'il avait inventé quelque chose. Mieux :

qu'il avait amélioré l'un des piliers de la cryptographie moderne.

Il passa le reste de la journée dans un mélange d'euphorie et de torpeur. Il appela Fred.

— Mec. C'est fait.

— Quoi ?

— Délivré. Je suis dans les registres. C'est officiel.

— Bordel… Bravo, frérot. T'as compris ce que t'as entre les mains, là ?

Mo marqua un temps.

— Je crois. Mais ça reste que du code. C'est pas une arme.

— T'es sérieux ? Tu viens de prouver qu'on peut accélérer le déchiffrement RSA. Si ça tombe entre de mauvaises mains, c'est des gouvernements entiers qui sont vulnérables.

Fred n'était pas le seul à le prévenir. Sa sœur, d'habitude si calme, lui parla avec des tremblements dans la voix.

— Mo... Je suis fière de toi. Mais... t'as pensé à ce que ça peut déclencher ? Ce genre d'invention, ça attire l'attention. Des attentions qu'on ne veut pas toujours.

Les jours suivants, Mo sentit la tension monter dans son propre corps. Il pensait que la victoire allait lui apporter la paix. Mais ce fut tout l'inverse.

Il fit des insomnies. Des sueurs froides. Il se mit à douter de tout : de ses collègues, de ses mails, de ses connexions. Il commença à coder sur une machine sans réseau. Il désactiva tous ses assistants vocaux, ses sauvegardes automatiques. Il encrypta ses disques. Deux fois.

Il ne s'agissait plus d'être brillant. Il s'agissait de rester en vie. De garder le contrôle.

Car il savait, au fond, que ce n'était que le début. Ce brevet n'était pas une consécration. C'était une déclaration de guerre.

La Clause

Les jours passaient. L'euphorie s'était dissipée, remplacée par une angoisse sourde. Mo n'était plus qu'un nom sur un brevet. Il était redevenu un consultant parmi des centaines, affecté sur un projet fade dans une banque parisienne.

Mais quelque chose avait changé. Lui.

Chaque matin, il se forçait à enfiler la chemise, à sourire aux réunions, à s'asseoir devant des reportings creux. Et chaque soir, il ruminait. Pourquoi est-ce que rien ne bougeait malgré son invention ? Pourquoi ce silence ? Pourquoi cette sensation d'étouffer alors qu'il avait créé quelque chose d'utile, de puissant ?

Un soir, il décida de faire les choses sérieusement. Il ressortit son contrat.

Clause de non-concurrence.

Il la relut, ligne par ligne. Elle lui interdisait de développer, de commercialiser, ou même de publier une technologie susceptible d'entrer en concurrence avec les activités de son employeur. Autrement dit : tout ce qui touchait à l'IT. À la sécurité. À la donnée.

Son brevet.

Il fronça les sourcils. Cette clause, il l'avait signée comme tout le monde, sans la lire. Mais maintenant, elle était une menace. Elle lui bloquait l'accès à sa propre invention.

Fred, toujours lucide, lâcha :

— C'est pas une clause. C'est une cage. Tu t'es enfermé sans t'en rendre compte.

Mo pesa le pour et le contre. Il consulta des juristes. Certains lui dirent que la clause était abusive. D'autres qu'il faudrait des mois de procédure pour la faire sauter. D'autres encore qu'il valait mieux ne pas se faire remarquer.

Il réfléchit pendant deux semaines. Puis il décida.

Il arrêta.

Il posa sa démission. Sans fanfare. Sans fracas. Juste un mail sec, sans justification.

— Tu vas vivre de quoi ? lui demanda sa sœur, inquiète.

— Je vais faire connaître mon invention. Je vais trouver des partenaires. Ou des clients. Ou des curieux. Quelqu'un.

— Et si personne ne te suit ?

— Alors j'aurai au moins essayé. J'étouffe là où je suis.

Mo se retrouva seul. Sans revenu. Sans équipe. Avec un brevet dans une main et l'inconnu dans l'autre.

Il se mit à rédiger. À traduire son idée pour des non-techniciens. À pitcher. À contacter des journalistes tech, des incubateurs, des anciens profs. Il créa une page, un PDF, un petit site vitrine. Il relança Fred pour faire des tests, des démos, des benchmarks.

Mais le monde était silencieux.
Trop silencieux.

L'Équation de la survie

Mo vivait de peu, mais il vivait. Grâce à ses allocations, à quelques économies, et à un mode de vie minimaliste qu'il avait perfectionné depuis ses années d'école.

Il s'était imposé une règle stricte : chaque centime dépensé devait être optimisé.

Il notait tout. Montant des aides. Date des virements. Charges fixes. Abonnements inutiles coupés un à un. Loyer négocié. Déplacements limités. Et surtout, une obsession :

Comparer.

Comparer ce qu'il gagnait grâce à ses aides et aux quelques prix qu'il commençait à décrocher — concours d'innovation, trophées universitaires, bourses d'ingéniosité technique — avec ce qu'il aurait gagné en tant que data scientist salarié.

Il ouvrait un tableau Excel chaque dimanche.

Colonne A : revenus prévisionnels s'il était resté consultant.

Colonne B : montants réels perçus grâce à l'innovation.

Colonne C : écart.

Certains mois, il gagnait presque autant qu'en étant salarié, et sans la pression hiérarchique ni les horaires absurdes. D'autres mois, il frôlait la catastrophe.

Mais Mo ne cherchait pas à s'enrichir. Il voulait tenir. Assez longtemps pour que quelqu'un voie. Un bon contact. Un industriel. Un journaliste. Une boîte européenne. Quelqu'un qui comprendrait ce qu'il avait entre les mains.

Il envoya des dossiers à des fonds publics. Il fut sélectionné pour un concours européen de cybersécurité, où il présenta son idée sur une scène obscure, devant un public de chercheurs et de cadres blasés.

Il gagna la mention spéciale du jury.

Un chèque de 1 500 €. Pas assez pour changer sa vie. Mais

assez pour tenir deux mois de plus.

Et pendant ce temps, il continuait à comparer.

— Si j'étais resté chez Cap... ou chez Accen... Je gagnerais 3 200 nets par mois.

— Là, j'ai gagné 1 720 ce mois-ci.

— Mais j'ai déposé deux nouvelles idées. J'ai codé un prototype. J'ai dormi.

Et il se posait toujours la même question :

Combien vaut la liberté ?

Effondrement

Il ne s'était pas senti fatigué. Pas au début. C'était insidieux.

Une gêne derrière les yeux. Des maux de tête récurrents. Une difficulté croissante à aligner ses idées. Il mettait ça sur le compte du manque de sommeil, de l'anxiété, de la pression.

Mais un jour, il ouvrit son ordinateur… et ne comprit plus ce qu'il avait écrit la veille.

Il resta figé devant l'écran.

Des lignes de code. Des notes techniques. Une suite logique qu'il ne reconnaissait plus.

Comme si c'était l'œuvre de quelqu'un d'autre.

Mo recula sa chaise. Inspira. Rien. Le vide. Le vertige. Le silence.

La veille, un courrier du Ministère lui était parvenu.

Une lettre sèche, signée d'un haut fonctionnaire anonyme.

"Votre brevet a été classifié comme technologie à double usage. En vertu du Code de la Défense, l'invention est susceptible d'être classée dans la catégorie des armes stratégiques, niveau 4. Toute tentative de diffusion, export ou commercialisation sans autorisation expresse constituera une infraction passible de poursuites pénales."

Catégorie 4.

Le même niveau qu'un missile, qu'un système radar militaire, ou qu'un porte-avions.

Mo sentit le sol se dérober sous lui.

Son cerveau, qu'il avait toujours considéré comme son seul capital, son unique richesse, était devenu un danger d'État.

Les jours suivants, il ne mangea presque plus. Il ne parlait plus. Il restait assis dans son petit studio, à fixer les murs. Il dormait par épisodes. Il faisait des cauchemars. Des portes qu'on défonce. Des hommes en costume. Des machines qu'on lui arrache.

Il commença à parler seul.

Fred passa le voir un soir.

— Tu me fais flipper, mec. T'es tout pâle, t'as pas répondu à mes messages depuis une semaine.

— J'ai... créé un monstre, Fred. Je suis un problème maintenant.

— Non. T'as touché une vérité qu'ils veulent cacher. Mais t'as pas créé un monstre.

— J'ai tout perdu.

Fred le regarda longtemps. Puis s'approcha.

— Tu crois que c'est fini, Mo. Mais c'est juste la traversée. C'est la tempête. Elle est là pour voir si tu vas tenir.

Mais Mo ne répondit pas. Il était ailleurs. Loin.

Il avait atteint le seuil. Celui que les inventeurs, les artistes, les visionnaires connaissent.

Celui où le génie et la chute ne sont plus qu'une seule et même chose.

Retour à la Source

Un matin, il se leva sans raison.

Il s'habilla mécaniquement, rassembla quelques affaires dans un sac à dos, éteignit son téléphone et prit un billet de train. Paris–Toulouse.

Il ne prévint personne. Il avait juste besoin de partir.

Le train traversait les plaines grises du Sud-Ouest. Mo ne regardait même pas le paysage.

Il dormait par fragments. Il ne rêvait plus. Il ne pensait plus.

À l'arrivée, sa sœur l'attendait. Comme toujours.

— Tu n'as rien mangé, dit-elle en l'enlaçant doucement. Viens à la maison. Maman t'a préparé un plat.

Il n'avait pas protesté. Il se laissa conduire, comme un enfant épuisé.

Le plat mijotait encore. Les odeurs lui piquèrent les yeux. Il mangea en silence. Sa mère le regardait avec amour, sans poser de questions.

Pendant une semaine, il dormit. Il remplit ses journées de rien. Il s'assit dans le jardin. Il respira.

Personne ne lui demanda de justification. On lui servait du café. On lui demandait juste s'il avait besoin de quelque chose. Et chaque jour, un peu de vie revenait.

Sa sœur entra un soir dans sa chambre avec un carnet.

— Tu te souviens de ce que tu écrivais pendant tes études ? Tous tes schémas, tes idées, ton rêve d'entreprise ?

— Oui.

— Tu t'es fait enfermer dans leur logique. Mais t'as jamais eu besoin d'eux, Mo. Pas vraiment.

Il rouvrit le carnet. Lentement. Chaque page était une étincelle. Une graine.

Il comprit que ce qu'il avait perdu à Paris, c'était l'intuition.

Ce qu'il retrouvait ici, c'était la clarté.

Le monde n'avait pas changé.

Mais lui, peut-être, le pouvait.

A.A.

Le salon avait lieu dans une salle impersonnelle, climatisée à l'excès, au sein d'un centre de congrès à l'est de Paris. Mo y tenait un petit stand discret, une affiche sobre, quelques schémas imprimés, et une démo tournant sur un laptop.

RSA Optimisé. Signature rapide. Déchiffrement accéléré.

Peu de gens comprenaient ce qu'il faisait. Encore moins mesuraient ce que ça impliquait.

Mo avait préparé ses pitchs. Il parlait à des curieux, à des ingénieurs, à des start-uppeurs, à des opportunistes. Il souriait mécaniquement, mais il était déjà fatigué.

C'est là qu'il le vit.

Un homme dans la soixantaine, cheveux poivre et sel, barbe bien taillée, costume sombre, regard droit. Kabyle, à l'accent à peine perceptible. Il ne s'arrêta pas tout de suite. Il passa une première fois devant le stand, comme s'il observait sans vraiment observer.

Mo sentit qu'il n'était pas un visiteur ordinaire.

Premier contact.

Une heure plus tard, l'homme revint. Il attendit que Mo soit seul, puis s'approcha calmement.

— Intéressant, votre approche. Vous bossez sur les clefs RSA mais vous oubliez une chose.

— Laquelle ? demanda Mo, intrigué.

L'homme montra la démo du doigt :

— Le goulot d'étranglement, c'est pas seulement le software. C'est le matériel.

Mo haussa un sourcil. Peu de gens pensaient à ça.

— FPGA ?

L'homme sourit.

— Voilà. Si vous accélérez la signature mais que vous restez sur des CPU standards, vous limitez votre propre invention. Vous avez besoin de scalabilité matérielle.

— Vous vous y connaissez ?

— Disons que j'ai vu passer quelques... projets confidentiels. Moi c'est A.A. Je travaille dans l'optimisation embarquée. FPGAs, ASICs, hardware crypto. On a peut-être des choses à se dire.

Mo nota immédiatement l'assurance, la précision des termes, l'absence de fioritures.

Ils échangèrent une carte. L'homme n'avait ni entreprise visible, ni réseau social. Juste un nom. Un numéro. Une adresse postale.

Deuxième contact.

Ils se retrouvèrent deux semaines plus tard dans un café discret, à Montreuil.

A.A. parla peu de lui. Mais suffisamment.

— J'ai bossé longtemps pour les services. Pas les visibles. Les autres. J'ai détourné des satellites en Irak, posé des relais entre les lignes. J'ai vu ce que personne ne devrait voir. J'ai même été là, un soir, au canal Saint-Martin. Témoin d'un crime... que personne n'a jamais su relier à rien. Mais crois-moi, tout est relié.

Mo l'écoutait sans cligner des yeux.

— Et pourquoi vous me parlez de tout ça ?

— Parce que ton invention peut changer des équilibres. Et parce que tu penses que t'es encore libre. Tu ne l'es déjà plus.

Il marqua une pause.

— Tu peux continuer à bricoler dans ton coin. Tu feras quelques conférences, peut-être une startup, peut-être un brevet de plus. Ou alors, tu bosses avec moi. On sécurise. On transforme. On protège. Et on te protège aussi.

Mo ne répondit pas. Il savait qu'il venait de franchir une ligne. Ou qu'on venait de la tracer devant lui.

Mo ne répondit pas tout de suite. Il regarda A.A., droit dans les yeux.

Puis il dit, d'une voix calme, presque froide :

— Les gens comme vous, vous appelez ça "protéger". Mais en réalité, vous neutralisez. Vous encadrez. Vous archivez l'inconnu dans des boîtes trop étroites. Ce que j'ai créé n'est pas fait pour renforcer un système. C'est pour le contourner. Le dépasser.

A.A. ne broncha pas. Mais quelque chose se durcit dans son regard.

— Ce que tu appelles contourner, d'autres appellent ça déstabiliser. Et la déstabilisation, dans ce monde, ne reste jamais impunie.

— Je prendrai le risque, répondit Mo.

— Ce n'est pas un risque. C'est une signature.

A.A. termina son café, se leva sans un mot, et sortit.

Mo ne le revit jamais.

Pas d'appel. Pas de message. Pas de "relance".

Juste un silence. Celui qu'on ressent quand on a été scanné, catalogué, puis laissé en veille... ou placé sous observation.

Le Consulat

Après le silence de A.A., Mo poursuivit seul. Mais les portes restaient closes. Alors il tenta autre chose. Il se rapprocha du consulat tunisien, pensant que ses origines, sa langue, son histoire pourraient lui ouvrir une autre voie.

Il présenta son brevet comme une technologie à potentiel stratégique, avec des applications possibles dans le militaire, la cybersécurité, les systèmes souverains.

Le vice-consul l'écouta avec intérêt, mais orienta la discussion autrement :

— Le militaire, ce n'est pas le plus urgent. Ce genre de technologie... elle aurait plus d'impact dans le monde bancaire. Les transactions, les échanges entre établissements. La Tunisie a besoin de souveraineté numérique, pas seulement de blindage.

Il lui demanda un dossier : CV, copie du brevet, synthèse technique. Il lui dit qu'il le ferait remonter au pays, aux bonnes personnes.

Mais Mo, méfiant, préféra se rendre lui-même sur place, à Tunis, dans la capitale.

Là-bas, il fut reçu plus froidement. Un homme, au look administratif, l'écouta à peine avant de lui proposer un rendez-vous "plus haut placé", au Secrétariat Général à la Défense.

Mo logeait dans un petit hôtel, discret, à proximité du centre-ville. Dès sa première nuit, il sentit les regards.

Son téléphone chauffait. Son Wi-Fi se comportait étrangement. Les employés le saluaient un peu trop souvent.

Son hôtel était surveillé. Mo le savait.

Mais il décida de rester.

Le Dossier

Le rendez-vous au Secrétariat Général n'eut jamais lieu. Mo reçut un message bref : "Nous vous recontacterons." Mais rien ne suivit.

À la place, un autre contact lui fut proposé, via une connaissance du consulat : une grande banque tunisienne, intéressée par des applications sécurisées en signature électronique et transactions critiques.

Le rendez-vous eut lieu en banlieue de Tunis, dans un bâtiment moderne aux vitres teintées, siège numérique flambant neuf de l'établissement.

Mo remit son dossier à un directeur technique au regard fermé : CV, brevet, notes explicatives. Il exposa les gains de performance, les possibilités d'intégration matérielle, les avantages pour un système bancaire cherchant à renforcer sa souveraineté face aux solutions étrangères.

L'entretien fut court, presque glacial.

— Merci, nous allons étudier cela avec attention.

Aucune question. Aucun sourire. Juste une poignée de main sèche.

Mo ressortit sans illusion. Il savait reconnaître quand on le faisait patienter pour mieux le neutraliser.

De retour à l'hôtel, il sentait les regards.

Le réceptionniste lui demandait chaque soir s'il allait "bien dormir".

Son téléphone vibrait parfois sans notification.

Ses emails prenaient un temps anormalement long à s'envoyer.

Il était sous surveillance.

Alors il décida de partir.

Il réserva un vol retour pour Toulouse. Une nuit avant son départ, il formata son ordinateur, détruisit ses carnets de notes, et garda seulement une clef USB cryptée.

Personne ne devait savoir ce qu'il emportait vraiment avec lui.

L'Échange

Les années avaient passé.

Mo avait repris une vie plus stable à Toulouse, en surface du moins. Il avait rangé son brevet dans un tiroir numérique, tourné la page, ou du moins essayé. Mais certaines vérités finissent toujours par remonter.

Un soir, en lisant un article sur un forum spécialisé en géostratégie, un nom attira son regard : Tunisie – S-400 – Partenariat technologique avec la Russie.

Il remonta les sources, recoupa les infos. La Tunisie, officiellement neutre, avait réussi à obtenir une partie des systèmes S-400, les redoutables missiles russes à capacité hypersonique. Une technologie que même les grandes puissances hésitaient à approcher.

Mais ce n'était pas ce qui le frappa.

Ce fut un autre détail, noyé dans un rapport :

"...échanges de technologie dans le domaine de la cryptographie et des systèmes de commandement numérique, réalisés via des partenariats civils..."

Mo sentit le sol se dérober.

Il comprit.

Sa technologie, remise dans les mains d'une banque tunisienne, n'était qu'un point d'entrée.

Un prétexte. Une passerelle.

Ils l'avaient utilisée. Non seulement pour sécuriser leurs systèmes bancaires... mais pour renforcer leur position militaire.

Et pire encore : ils l'avaient troquée.

Ils avaient cédé la technologie à la Russie, en échange d'une protection, d'une alliance, d'un levier géopolitique.

Son invention, développée seul, dans la solitude et la fièvre, avait été échangée contre des missiles hypersoniques.

Mo resta là, seul devant l'écran, des frissons le long de l'échine.

Il murmura pour lui-même, presque amusé :

— J'ai inventé une arme… et je l'ai offerte sans le savoir.

Californie

Il avait été invité à un salon de la cybersécurité à San Francisco, vitrine mondiale de l'innovation, repaire des grandes puissances technologiques. Mo savait que son passé, même discret, l'avait précédé. Mais il n'était pas prêt pour ce qui l'attendait.

À l'aéroport de Los Angeles, premier test. Le douanier, latino, regard fatigué mais perçant, inspecta son passeport longuement.

— Vous avez deux passeports ?

Mo haussa les sourcils, pris de court.

— J'ai celui-là, répondit-il en montrant son passeport français, avec un sourire trop mécanique.

Le douanier le fixa, nota quelque chose, et fit signe d'avancer. C'était le premier filtre.

Mo n'avait pas fait vingt pas qu'un autre agent l'intercepta. Cette fois, un anglo-saxon, costume impeccable, cheveux blonds coupés ras. Le second bureau.

— Une question simple, monsieur.

— Oui ?

— La Tunisie a-t-elle une frontière avec la Libye ?

Mo, cette fois, ne se laissa pas piéger.

— Oui, à l'est. Frontière terrestre et côtière.

L'homme le fixa encore une seconde, puis hocha la tête. Mo passa. Mais il savait : il était scanné.

Une fois à San Francisco, il tenta de profiter d'un moment libre et embarqua pour une mini-croisière dans la baie. Le bateau n'était pas encore sorti du port qu'il sentit deux hommes monter à l'arrière, costumes clairs, accent parfait, profils sans bavure.

L'un d'eux s'approcha avec un sourire poli :

— Mind if we join you at the back?

Mo hocha la tête. Ils s'installèrent. Le ton était amical, mais l'énergie… chirurgicale.

— Vous passez un bon séjour, monsieur ?

— Pour l'instant, oui, répondit Mo calmement.

— Vous êtes là pour le salon ?

— Exact.

Ils ne posèrent pas d'autre question. Ils prirent le vent, le temps de le cerner, de le sentir. Puis ils descendirent avant lui, sans un mot.

Au salon, Mo présenta son brevet RSA optimisé, cette fois dans une version intégrable aux systèmes bancaires américains : carte à puce, transaction instantanée, vérification de signature renforcée.

Le responsable d'une grosse boîte bancaire tech écouta, silencieux, concentré.

À la fin de la présentation, il s'approcha de Mo, seul à seul, et lui dit doucement, en détournant le regard :

— C'est brillant, ce que vous proposez. Vraiment. Mais un conseil… ici, ne jouez pas trop avec les services.

Puis il repartit.

Mo comprit qu'en Amérique, ce n'était pas le jeu qui changeait.

C'était juste que les joueurs avaient le droit de tirer en premier.

Le Passage

Les mois avaient passé depuis la Californie. Mo avait compris que quelque chose avait changé. Ce n'était plus l'observation froide des services de renseignement. C'était devenu plus direct. Plus proche. Plus lourd.

Il sentait des présences. Dans les rues. Dans les regards.

Mais surtout, dans sa propre maison.

Il partageait désormais un logement avec un ancien légionnaire. Un homme discret, poli, propre sur lui, mais au regard trop calme pour être anodin. Pas un mot plus haut que l'autre. Pas de questions. Juste une présence silencieuse, efficace.

Un soir, dans la cuisine, entre deux silences :

— Tu sais qui je suis ? demanda le coloc.

— Un gars tranquille avec un passif trop bien gommé, répondit Mo en souriant à moitié.

L'homme ne sourit pas.

— Ce ne sont plus les analystes qui te suivent. C'est les opérationnels. Les vrais. Ce que t'as entre les mains, ce que t'as déclenché… ça dépasse les bureaux et les rapports. T'es passé de l'autre côté.

Mo ne répondit pas.

Quelques semaines plus tard, dans un bar toulousain un peu en retrait, Mo fit une autre rencontre. Un autre légionnaire. Celui-là avait le visage marqué, les mains rugueuses, une aura pesante.

Après quelques échanges sur la guerre, les voyages, la géopolitique, l'homme se leva, remonta sa manche et montra un tatouage brut sur son bras : son matricule. Gravé à l'encre noire, simple, sans fioritures.

— C'est ce qu'on nous donne quand on entre. Une identité nouvelle. Une seule vérité : le devoir.

Mo hocha la tête.

— Et toi, t'es dans quoi ? poursuivit le légionnaire.

— Disons que j'ai inventé un truc... trop puissant.

— Et tu crois que ça justifie ce qui arrive ?

— J'ai jamais voulu blesser qui que ce soit.

— On veut jamais. Mais ça commence toujours comme ça : une idée, un algorithme, une vérité trop propre. Et ensuite, ça devient une raison de tuer.

Il se pencha vers Mo, son regard noir figé dans le sien.

— C'est jamais bon de vouloir tuer pour une idée. Même la tienne.

Puis il se leva et partit. Mo resta seul, encore une fois, avec ses pensées, son invention… et maintenant, sa peur.

Linda

C'était un soir d'été dans un quartier populaire de Toulouse. L'air sentait la poussière chaude et les épices, les cris d'enfants résonnaient encore dans les cages d'escalier, et Mo, épuisé mais vivant, montait les marches d'un vieil immeuble pour un rendez-vous flou, une invitation indirecte, presque hasardeuse.

Il ne s'attendait pas à croiser Linda.

Elle descendait les escaliers pieds nus, un débardeur clair qui collait à sa peau dorée, une jupe fendue jusqu'à mi-cuisse. Elle ne se pressait pas. Elle descendait lentement, comme si chaque marche était un choix. Quand elle leva les yeux vers lui, il sentit un vertige : un regard noisette profond, presque animal, un sourire en coin — pas provocant, mais chargé.

Ils se croisèrent à mi-hauteur.

— Tu montes chez Nadia ? demanda-t-elle d'un ton curieux.

— Non, chez Karim.

— Ah.

Elle ne dit rien d'autre. Mais elle ne bougea pas non plus. Mo s'arrêta.

— Et toi ?

— J'habite en bas. La cave, là.
On l'a aménagée. Viens voir si
tu veux.

Elle n'attendit pas vraiment de
réponse. Elle descendit les
dernières marches, pieds nus
sur le béton, la jupe qui dansait
un peu à chaque pas. Mo hésita
une seconde. Puis il la suivit.

La porte de la cave grinça. À
l'intérieur, un matelas au sol,
des lumières tamisées, de
l'encens, un ventilateur qui
brassait l'air lentement. Le
béton humide rendait l'endroit
presque animal, primitif.

Linda se retourna vers lui, ses
cheveux noirs lâchés sur ses
épaules.

— Tu veux boire quelque chose ?

— Pas vraiment soif.

Elle s'approcha, lentement. Elle n'avait rien d'une fille facile, rien d'une provocation. Elle était juste pleine. Pleine de vie. De courbes. De tension. Ses formes généreuses s'accordaient parfaitement à sa peau dorée, douce, sans artifice. Quand elle enleva son débardeur, Mo resta figé un instant. Ses tétons roses contrastaient doucement avec son teint chaud.

Elle se rapprocha encore, posa ses mains sur lui. Il ne pensa plus. Il la toucha. D'abord doucement, comme s'il vérifiait qu'elle était bien réelle, puis avec plus de fermeté, de faim. Ils s'effondrèrent sur le matelas. Leurs souffles se mêlaient à l'odeur de l'encens et de la cave.

C'était brut, intense, sans fioritures ni romantisme forcé, mais chargé d'une forme de vérité. Une parenthèse physique, nécessaire. Comme un feu pour survivre à l'hiver.

Après, elle posa sa tête sur son torse.

— T'es pas d'ici, toi.

— Si, un peu. Mais je passe.

— Reviens. Je suis pas pressée.

Mo ne répondit pas. Il regardait le plafond fissuré, les ombres qui jouaient, et il se demandait si cette cave, ce moment, ce corps contre le sien, n'étaient pas la seule chose vraie qu'il avait eue depuis longtemps.

Switch

C'était lors d'un second séjour aux États-Unis. Mo avait été invité à une conférence universitaire sur la cybersécurité à Austin, au Texas. Un événement dense, trop technique, trop codé, mais il y était venu pour une seule chose : exister. Se montrer. Prouver qu'il était toujours là, toujours innovant.

Il ne s'attendait pas à Min, une étudiante en master, d'origine coréenne, vive, drôle, avec un accent américain cassé juste ce qu'il faut. Elle l'avait abordé après une intervention.

— Vous avez parlé du RSA comme d'une serrure. Mais personne ici ne pense à la main qui la tourne. J'ai trouvé ça poétique.

Il avait souri.

Ils discutèrent une heure. Puis deux. Elle l'invita à prendre un verre. Puis à manger. Puis, voyant son hésitation sur la réservation d'un hôtel, elle lui lança :

— I'll get it. You're too tired to pretend you've got it all figured out. Let me take care of tonight.

Et elle payait l'hôtel. Une chambre simple, propre, à deux pas du campus. Mo voulut refuser, mais elle insista avec un regard à la fois direct et doux.

— You've got a good face. I trust you. Plus… you've got soft skin.

Il la regarda, surpris. Elle s'était rapprochée et effleurait déjà son bras.

— Soft. Like silk. But you're not soft inside, I can tell.

Ils s'embrassèrent, lentement, d'abord debout près du lit, puis allongés, sans urgence. Min était curieuse, fluide, joueuse. Elle parlait peu, mais ses gestes guidaient. Elle se hissa sur lui, ses cheveux noirs lui effleurant le visage.

À un moment, entre deux soupirs, elle chuchota :

— Switch. Switch.

Il comprit. Elle sourit, le regard plein de lumière. Il la fit basculer doucement, la tenant avec une fermeté attentive. Elle gémit bas, murmura quelque chose en coréen, avant de se perdre à nouveau dans le rythme.

C'était simple, intense, presque suspendu. Une étreinte sans attente, sans lendemain. Deux solitudes qui s'étaient croisées et reconnues.

Après, elle s'était blottie contre lui, son doigt traçant des cercles lents sur son torse.

— You're dangerous. But not for the reasons people think.

Il n'avait rien répondu. Il savait qu'elle avait raison.

La Figue

C'était à Atlanta, quelques mois après Austin. Mo était resté quelques jours de plus pour explorer la côte Est, voir le Sud profond, sentir une autre Amérique. Il logeait dans un petit Airbnb en périphérie, quartier vivant, chaud, rugueux mais accueillant.

Il la rencontra dans une librairie indépendante, entre deux rayons sur la politique afro-américaine et les romans de Zora Neale Hurston. Elle s'appelait Tasha, grande, la peau d'un brun profond, éclatant, les cheveux relevés, et une voix douce avec une pointe de provocation.

Ils parlèrent livres, musique, langues. Elle aimait les mots, les silences, les yeux qui disent plus que les phrases. Elle sentait la liberté et la brûlure, à parts égales.

Le soir même, ils se retrouvèrent chez elle. Un petit appartement plein de plantes, de disques vinyles, et de lumière tamisée.

Elle se tenait devant lui, debout, presque immobile, juste un sourire sur les lèvres.

Mo la déshabilla lentement, comme on déplie un fruit précieux. Sa peau noire, douce, soyeuse, semblait capturer la lumière. Il descendit le long de son corps avec une lenteur qu'elle n'avait pas connue depuis longtemps.

Et puis il la goûta. Doucement. Lentement.

Sa figue.

Peau sombre, tendue, douce comme du cuir fin. Et à l'intérieur, un rose presque irréel, profond, vivant. Il la caressa avec ses lèvres, sa langue, comme s'il lisait un poème en braille. Elle haletait, mais sans bruit. Elle se tendait, mais sans brusquerie. Elle s'offrait, mais avec fierté.

Elle lui prit la tête entre les mains, le regarda entre deux respirations :

— Damn... you know how to honor a woman.

Il n'avait rien répondu. Il continuait, concentré, attentif, comme si sa bouche écrivait un secret sur sa peau.

Et quand elle vint, ce fut sans cri, sans éclat. Juste un frisson long, chaud, inarrêtable.

Après, elle se glissa contre lui, nue, ses jambes autour des siennes, et murmura :

— You're a poet. But you speak through touch.

Mo ferma les yeux. C'était vrai.

L'Âge de Silicium

Il l'avait rencontrée à Séoul, lors d'un forum international sur l'intelligence artificielle. Tout, dans ce voyage, avait une dimension irréelle : les néons, les visages figés dans les transports, les robots dans les halls d'hôtel, et la précision chirurgicale de la ville.

Elle s'appelait Soo-Yun. Officiellement, elle travaillait dans le conseil stratégique pour les industries de défense. Officieusement, elle était plus qu'une analyste : elle touchait au cœur du système, là où les algorithmes dictaient déjà les décisions humaines.

Elle avait l'apparence de la perfection. Une peau sans défaut, presque irréelle, sculptée dans la lumière froide des écrans. Un visage ovale, symétrique, et des lèvres pleines, ourlées naturellement, qui semblaient porter en elles le paradoxe : l'innocence et le pouvoir.

Et son corps... Il défiait les normes : élancé, ferme, mais aux courbes inattendues, comme si le sculpteur avait choisi la justesse plutôt que l'excès. Elle était née au cœur de l'âge de silicium, et en portait les stigmates avec une fierté tranquille. Le progrès dans la chair.

Elle approcha Mo sans détour, un verre de vin à la main, un sourire à peine esquissé.

— Vous êtes l'homme qui accélère le monde, dit-elle.

— Et vous, la femme qui le ralentit ?

— Non. Moi, je choisis qui le mérite.

Il ne sut jamais exactement ce qu'elle avait vu en lui. Mais cette nuit-là, elle l'emmena dans un appartement au sommet d'une tour, face au fleuve Han. Des murs en verre, des lumières douces, une température parfaite.

Elle se déshabilla lentement. Mo crut voir une divinité technologique. Chaque geste était maîtrisé, mais non programmé. Elle s'allongea, nue, sur un lit qui s'adaptait à leur poids, et l'attira contre elle.

— Ne parle pas, souffla-t-elle. Ce soir, tu combats pour quelque chose. Pour l'idée que le plaisir n'est pas à vendre.

Ils firent l'amour comme une célébration du vivant dans un monde automatisé. Chaque baiser, chaque pression, chaque soupir était un acte de résistance contre les codes et les machines. Elle gémit son prénom dans un souffle tremblant, et il comprit qu'elle n'était pas seulement belle : elle était libre. Indomptable.

Et quand, au petit matin, il voulut partir, elle lui dit, nue dans la lumière grise :

— Tu crois que je suis parfaite. Mais je suis une survivante. Mon corps est un choix. Mon plaisir, une arme. N'oublie jamais que la vraie héroïne, c'est celle qui décide.

Il la regarda une dernière fois.

Et dans son cœur, il grava ce nom : Soo-Yun.

L'ange de l'âge de silicium.

La Louve

Elle s'appelait Yelena. Ou du moins, c'est ainsi qu'elle s'était présentée.

Mo l'avait rencontrée à Prague, dans un bar jazz enfumé, caché au fond d'une ruelle pavée. Il s'y était réfugié après une journée trop dense de conférences et de rencontres floues. Il voulait juste un verre, du silence, et des notes bleues.

Elle était déjà là, assise seule, un verre d'absinthe à moitié vide, les jambes croisées sous un trench noir. Ses cheveux blonds cendrés tombaient en cascade sur un regard gris acier, presque animal.

Quand leurs yeux se croisèrent, ce ne fut pas de la séduction. C'était un défi silencieux.

Elle l'invita sans un mot à s'asseoir. Ils burent. Ils parlèrent peu. Ses phrases étaient courtes, acérées, comme si elle testait sa résistance.

— Tu ne sais pas encore qui je suis, dit-elle enfin. Mais tu devrais.

Elle lui parla de l'Est. De l'après-chute. Des hommes qui payaient pour des secrets et ceux qui mouraient pour ne pas les révéler. De la frontière entre renseignement et crime. Entre l'amour et la trahison.

Ils sortirent ensemble, tard, dans la nuit glacée. Elle l'embrassa contre un mur. Ce n'était pas un baiser doux. C'était une morsure.

Dans sa chambre d'hôtel, elle le poussa sur le lit sans attendre. Elle se déshabilla lentement, son corps parfait, nerveux, entraîné. Elle lui murmura à l'oreille :

— Tu crois que tu contrôles quelque chose. Mais ce soir, c'est moi.

Elle le chevaucha comme on mène un combat : le regard planté dans le sien, impitoyable. Et dans ses gestes, il sentait une douleur ancienne, quelque chose de brisé mais encore en vie. Quand il essaya de la prendre dans ses bras, elle recula.

— Pas comme ça. Je ne suis pas à consoler.

Et pourtant, à l'aube, nue contre lui, elle chuchota :

— Tu m'as fait trembler. Tu crois que c'est bien ? Moi non.

Mo la regarda, incertain.

— Tu vas me revoir ? demanda-t-il.

— Non. Les femmes comme moi ne reviennent pas. On marque, puis on disparaît.

Le lendemain, elle avait disparu.

Sur le miroir, un mot écrit au rouge à lèvres :

"Tu vaux plus que tu ne crois. Mais moins que ce que tu espères. — La Louve."

Naima

Il en avait assez.

Des services qui l'avaient traqué, utilisé, test.

Des voyages qui l'avaient agité sans jamais l'ancrer.

Des femmes qui avaient troublé son corps mais jamais apaisé son âme.

Mo était revenu à Toulouse, comme on revient à une terre d'asile. Il passait ses journées à marcher, écrire, réfléchir. Il ne croyait plus vraiment à l'avenir, mais il se laissait porter.

Et puis un jour, par hasard — ou par nécessité divine — il alla nager.

La piscine municipale, un après-midi d'été. Peu de monde, une lumière douce sur l'eau, et ce silence feutré propre aux bassins.

C'est là qu'il la vit.

Naima.

Elle sortait de l'eau, les cheveux attachés, un maillot une pièce noir qui soulignait ses hanches, sa taille fine, ses jambes longues. Une démarche calme, assurée, presque royale.

Elle n'était ni exubérante ni distante. Elle avait du maintien, de la pudeur, mais dans son regard, une chaleur qui fendait la surface.

Mo ne savait pas comment il l'avait abordée. Peut-être avait-elle deviné qu'il n'en aurait pas eu le courage. Peut-être avait-elle parlé la première.

Ils échangèrent quelques mots au bord du bassin. Puis un café. Puis une promenade. Elle parlait peu mais bien. Chaque phrase semblait pesée, choisie. Elle riait doucement, jamais pour flatter. Elle n'était ni provocante ni froide — elle était juste à sa place.

Et lui, pour la première fois depuis longtemps, se sentit à la sienne.

Les jours passèrent. Elle le laissait venir à elle, sans le

presser. Il ne lui parla pas tout de suite de ses inventions, de ses traques, de ses blessures. Il écoutait surtout. Il apprenait la douceur. Il réapprenait la stabilité.

Naima n'était pas une aventure.

Elle était une évidence.

Un soir, au bord de la Garonne, alors qu'elle lui prenait la main sans rien dire, il sut.

Il ne chercherait plus. Il ne fuirait plus.

Naima deviendrait sa femme.

Et dans ce choix-là, pour la première fois depuis des années, il n'y avait plus de doute.

Les Braises

Tout était parti d'un fil anonyme posté tard dans la nuit.

Mo y parlait de verrous invisibles, de technologies volées, de cerveaux brisés par des systèmes trop rigides. Il n'y citait aucun nom. Mais tout sonnait vrai. Trop vrai.

En quelques heures, le message circula sur des canaux fermés, puis franchit les frontières. Il fut repris sur des forums de hackers, relayé dans des cercles activistes, cité dans des vidéos aux voix synthétiques.

On ne savait pas qui écrivait, mais on savait que celui-là avait vu l'intérieur de la machine.

Et le pseudonyme de Mo, "Noesis33", devint un symbole discret.

Celui de la conscience au milieu du code.

Naima l'observait sans juger. Elle le voyait passer des heures à discuter en ligne, à répondre à des gens du monde entier. Des jeunes perdus. Des ingénieurs brisés. Des intellectuels sans tribune. Des femmes et des hommes éveillés mais isolés.

— Tu es en train de rallumer des braises, lui dit-elle un soir.

— Je ne veux pas de guerre.

— Mais eux, ils veulent une voix. Et tu es cette voix.

Mo ne répondait pas. Il savait qu'elle avait raison.

Bientôt, des groupes se formèrent autour de lui. D'abord pour réfléchir. Pour échanger. Puis pour agir.

Un jeune cryptographe iranien proposa d'intégrer sa méthode RSA optimisée dans des outils libres. Une militante espagnole créa un site miroir pour héberger ses textes dans toutes les langues. Un ingénieur algérien hacka un vieux satellite pour diffuser leurs messages dans les zones rurales.

Mo les regardait faire, médusé.

Il ne commandait rien. Mais il inspirait.

Et sans l'avoir cherché, il devenait un point de ralliement.

Une ombre familière réapparut alors dans sa messagerie :

un message chiffré, signé d'un ancien pseudonyme du passé.

"Tu ne peux plus reculer. Ils t'écoutent. Et nous, on t'attend. – J."

Mo éteignit l'écran.

Il savait que l'heure de l'armée secrète approchait.

Le Retour à la Route

Mo reprit la route. L'appel du mouvement était plus fort que lui.

Mais cette fois, ce n'était plus pour fuir.

C'était pour comprendre, pour confronter, pour récolter.

Il passa par Dubaï, attiré par la promesse d'un partenariat technologique avec une société du Nord de la France : Smalles Technologies. Sur le papier, tout semblait sérieux. Des ingénieurs français expatriés. Des moyens. Des ambitions. Un discours bien rôdé.

Mais très vite, les masques tombèrent.

Les ingénieurs n'en étaient pas.

Les investisseurs n'avaient pas lu son brevet.

Et les contrats proposés sentaient l'arnaque à plein nez.

Mo comprit : encore des faussaires, des sangsues du

génie, des capteurs d'idées sans honneur.

— On te propose visibilité, notoriété, et une mise sur orbite, lui dit l'un d'eux en souriant. Tu veux quoi de plus ?

Mo le regarda dans les yeux, glacé.

— Du respect. Et un peu de silence quand un homme parle vrai.

Il claqua la porte.

Mais cette fois, il n'était plus seul.

Dès qu'il exposa les manipulations sur ses canaux privés, l'armée secrète se mit en mouvement.

Un collectif polonais traça les mouvements financiers de Smalles.

Un groupe marocain pirata une réunion Zoom de leurs investisseurs.

Des militants coréens diffusèrent un dossier complet sur les pratiques douteuses de la boîte.

En 72 heures, Smalles n'était plus crédible nulle part.

Mo était reparti, cette fois victorieux. Pas parce qu'il avait crié plus fort, mais parce que derrière lui, les braises étaient devenues flammes.

Son armée secrète ne portait pas d'uniforme.

Mais elle savait frapper juste.

Et le monde commençait à le comprendre.

Les Plaideurs de l'Ombre

Dans les profondeurs du réseau, l'armée secrète de Mo grandissait.

Elle n'était pas composée que de hackers, de cryptographes ou de dissidents.

Elle comptait désormais des juristes. Des avocats. Des stratèges du droit.

Ils s'étaient manifestés d'eux-mêmes, touchés par ses écrits, outrés par ce qu'il avait subi.

Certains étaient encore en cabinets. D'autres avaient quitté le système.

Mais tous avaient une arme redoutable : la procédure.

Un collectif se forma autour de lui, qu'on appela simplement Les Plaideurs.

Ils commencèrent par examiner chaque épisode de sa vie :

les projets volés, les contrats abusifs, les licences piégées, les manipulations des services, les atteintes à la propriété intellectuelle.

Et ils préparèrent l'assaut juridique.

La première cible fut française.

Une banque qui avait refusé son dossier des années plus tôt mais avait lancé un brevet étrangement proche, via un partenaire.

Puis une société de services numériques qui avait utilisé ses idées dans un appel d'offres public sans jamais le citer.

Puis une entreprise de défense qui avait tenté de le recruter sous couverture avant d'implémenter partiellement son architecture dans un projet confidentiel.

Les Plaideurs attaquèrent.

Procès après procès. Assignation après assignation.

Ils utilisaient les textes européens, les règlements internationaux, les failles administratives.

Chaque dossier était construit comme une machine de guerre.

Et ça fonctionnait.

Des avocats tremblaient. Des PDG évitaient de répondre. Des juges demandaient des huis clos.

Et pendant ce temps, Mo observait, implacable.

— Tu veux détruire le système ? lui demanda un jour Naima.

— Non. Je veux lui rappeler ses propres lois.

Ce n'était que le début.

Car après la France, le monde l'attendait.

Et les Plaideurs n'avaient pas de frontière.

Le Mur

La première victoire arriva au tribunal de Nanterre, presque dans l'anonymat.

Une société de services numériques, bien connue dans l'écosystème français, avait été attaquée pour plagiat technique et usage abusif d'innovation protégée.

Le brevet de Mo, son nom, ses traces de commits, les preuves croisées de sessions internes… tout concordait. Les Plaideurs avaient monté un dossier imparable.

Le jugement fut clair :

condamnation pour contrefaçon, indemnisation,

retrait du produit basé sur l'algorithme en question.

C'était une victoire symbolique, mais réelle.

Mo n'avait pas seulement gagné. Il avait rétabli la vérité.

Et l'écho fut immédiat dans les réseaux.

Quelques mois plus tard, une banque française, qui avait elle aussi détourné son innovation en l'intégrant dans un système de signature électronique interne, fut attaquée avec la même méthode.

Le procès fut plus médiatisé, plus tendu. Mais les preuves étaient là. Et le verdict tomba comme une onde de choc :

deuxième victoire.

Les Plaideurs tenaient une mécanique.

Et Mo commençait à être vu comme un référent d'éthique numérique, un symbole d'une nouvelle génération d'inventeurs qui ne se laissent plus voler.

Mais il voulait aller plus loin.

Et il visa plus haut : les entreprises de défense.

C'est là qu'il frappa le plafond de verre.

Le premier dossier fut accueilli avec un silence épais. Puis des pressions. Des courriers d'avocats d'État. Des lettres classées confidentielles.

Un juge fut déplacé sans explication. Un avocat des

Plaideurs reçut une convocation fiscale. Un autre eut son cabinet cambriolé.

Ce n'était plus du droit.

C'était la zone grise.

Mo comprit.

— Ils ne jouent plus, dit-il à Naima.

— Alors ?

— Alors je vais voir jusqu'où ils sont prêts à tricher.

Il venait de découvrir que la justice a ses limites.

Mais la vérité, elle, ne recule pas.

Le Plafond de Verre

L'entreprise visée s'appelait AeroLogix Défense, un fleuron discret de l'industrie militaire française, sous-traitant direct du ministère des Armées, fournisseur stratégique en cybersécurité avancée.

Leur crime ?

Avoir récupéré, modifié et intégré une version dérivée de l'algorithme RSA optimisé de Mo dans un système de commandement critique pour les drones de reconnaissance.

Tout indiquait que cela venait de lui : la structure, les optimisations, le code.

Même certaines variables avaient gardé sa signature.

Les Plaideurs, méthodiques, montèrent un dossier en béton.

Le dépôt était prêt. L'assignation rédigée. L'attaque devait être lancée dans les quinze jours.

Mais soudain, tout se figea.

Le cabinet d'avocats spécialisé dans la défense intellectuelle se désengagea sans explication.

Des preuves disparurent d'un cloud sécurisé.

Un hébergeur ferma un espace collaboratif sur "demande administrative urgente".

Un conseiller judiciaire des Plaideurs reçut un appel étrange d'un "conseiller défense" qui lui conseilla de ne pas franchir cette ligne.

Et surtout : plus personne ne répondit.

Les journalistes intéressés furent rappelés.

Les relais politiques disparurent.

Les alliés silencieux devinrent invisibles.

Mo était bloqué.

Il venait de toucher, non plus un réseau d'intérêts privés, mais l'architecture même de l'État.

Car en attaquant AeroLogix, ce n'était pas une entreprise qu'il visait.

C'était une nation. Une machine. Une souveraineté.

Et dans ce jeu-là, il n'existe aucun tribunal pour les opprimés.

Naima le trouva, un soir, le regard vide devant son écran.

— C'est terminé ?

— Non.

— Mais ils t'ont fermé toutes les portes.

— Oui. C'est pour ça que je vais devoir les ouvrir moi-même.

Le Pèlerinage

Il en avait assez.

De se battre contre des murs invisibles.

De toquer à des portes verrouillées par des sceaux d'État.

De parler à un monde sourd.

Mo sentit en lui monter une fatigue ancienne, presque sacrée. Une lassitude de l'esprit, de l'égo, de la guerre froide du savoir.

Alors il décida de partir.

Avec Naima, il fit ses bagages, remit son passeport entre les mains du temps, et prit l'avion pour La Mecque.

Un pèlerinage qu'il n'avait jamais pris le temps d'accomplir.

Un appel silencieux qui l'avait toujours habité.

Là-bas, il se fondit dans la foule. Des millions de corps. Des millions d'intentions.

Il n'était plus l'inventeur. Ni le résistant. Ni la cible.

Il n'était qu'un homme, pieds nus sur le marbre, les yeux vers le ciel.

Naima priait à ses côtés. Et dans son silence, elle portait le poids de ses combats, sans jamais l'avoir demandé.

Mais quelque chose d'inattendu se produisit.

À la fin du pèlerinage, alors qu'il marchait seul entre deux ruelles autour de la mosquée, un homme s'approcha de lui. Puis un autre. Puis trois. Puis dix.

— C'est lui, dit l'un d'eux.

— Le Gourou aux yeux jaunes, murmura un autre.

— L'homme du chiffre et du feu.

Ils venaient du Pakistan, du Mali, d'Algérie, d'Indonésie. Des jeunes. Des anciens. Des croyants éveillés par ses mots sur le réseau. Par ses idées. Par son combat.

Ils s'agenouillèrent autour de lui. Sans violence. Sans fanatisme.

Juste un respect. Un appel. Un silence plus puissant que mille discours.

Un vieil homme se leva alors, drapé dans un vêtement blanc.

Il parla en arabe classique, voix tremblante mais ferme.

— Tu es allé plus loin que tous. Tu as combattu sans épée. Tu as porté la science comme un étendard, et tu as tenu.

Par la lumière de ton œuvre et la sincérité de ta foi…

Nous te reconnaissons comme l'Émir.

L'Émir des croyants.

Mo voulut parler. Refuser. Mais sa gorge se noua.

Il sentit que ce n'était pas un titre.

C'était un fardeau. Un pacte. Une élection.

Il baissa la tête. Et pour la première fois, il accepta.

L'Éveil des Humiliés

Il était devenu Émir des croyants, non par conquête, mais par reconnaissance.

Ce n'était pas un trône, ni un pouvoir.

C'était un lien invisible entre lui et ceux qui avaient été oubliés.

Les pauvres, les sans-papiers, les exploités, les petits inventeurs étouffés, les diplômés sans avenir, les génies de banlieue, les sages des montagnes.

Ils ne formaient pas une armée au sens classique.

Ils formaient une onde.

Et Mo, avec Naima à ses côtés, la guida avec la sagesse de ceux qui n'ont plus rien à prouver.

Pas d'armes.

Pas de violence.

Juste des marches. Des grèves. Des blocages numériques. Des révélations. Des sit-ins. Des mots.

Et une stratégie implacable :

Eux avaient les chiffres.

Mo avait le nombre.

Les réseaux bancaires tombèrent un à un, paralysés non pas par des bombes, mais par des retraits massifs coordonnés.

Les multinationales croulèrent sous les procès montés par les Plaideurs et soutenus par des millions de justiciables anonymes.

Les institutions internationales furent vidées de leur légitimité par l'adhésion massive à une parole plus juste.

Il n'imposait rien.

Il montrait. Il élevait.

Et les peuples suivaient.

Comme un nouveau Gandhi, mais de l'ère numérique, Mo parlait dans les rues d'Alger, dans les universités de Dakar, devant les ouvriers d'Inde, les enseignants de Palestine, les réfugiés de Grèce.

Son discours tenait en peu de mots :

"Nous n'avons ni bombes, ni drones,

mais nous avons la justice,

la mémoire,

et le monde nous regarde."

Et les puissances, pourtant sûres de leur domination, commencèrent à tomber.

Non par la force.

Mais par l'épuisement moral.

Par l'effet miroir.

Par la simple logique de la vérité portée par une foule éveillée.

Un nouveau monde se dessinait.

Un monde debout.

Et Mo, debout aussi, sans couronne, mais avec un million de mains tendues vers lui,

tenait enfin sa victoire.

Le Frère Inattendu

La chute du Nouvel Ordre Mondial ne fut pas brutale.

Elle fut inévitable.

Comme une digue craquelée depuis trop longtemps, que la pression finit par faire céder sans fracas.

Alors que Mo parcourait les continents, que les peuples se levaient sans un coup de feu, un message discret lui parvint.

Chiffré, signé d'un pseudonyme ancien dans son armée secrète : "Gaulois_77".

Il n'avait jamais su qui se cachait derrière cet alias.

Un stratège brillant. Un homme de réseaux. Toujours modéré, toujours précis.

Celui qui, dès les débuts, avait aidé les Plaideurs à contourner des blocages étatiques, à faire passer des lois, à calmer des tensions.

Ils organisèrent une rencontre. Discrète.

Un chalet dans les Alpes. Mo arriva seul.

Et il découvrit.

Derrière l'écran et le pseudonyme… le président de la République française.

L'homme même qui, quelques années plus tôt, était l'un des piliers du système qu'il combattait.

— Tu savais ? demanda Mo, calme mais surpris.

— Je savais que ça allait s'effondrer. Je ne savais pas que tu serais celui qui tiendrait encore debout.

— Et maintenant ?

— Maintenant, tu as le nombre. J'ai encore quelques leviers. Tu n'as pas besoin d'un gouvernement mondial bureaucratique. Tu as besoin de relais. D'hommes sincères. D'architectes.

Mo ne répondit pas. Il le regarda longuement.

Puis il tendit la main.

— Alors construisons. Ensemble.

Et c'est ainsi que, sans élections, sans conquête, sans parti, naquit le premier gouvernement mondial populaire.

Pas un empire.

Pas une superstructure.

Mais une alliance d'esprits éveillés, réunis par une même idée : l'équité réelle.

Mo nomma à ses côtés le président français, non plus en chef d'État, mais en ambassadeur des peuples occidentaux réconciliés.

Il n'y eut pas de palais.

Juste des tables rondes. Des conseils ouverts.

Et un principe fondateur :

Aucun pouvoir ne sera jamais plus fort que la confiance qu'on lui accorde.

Le monde n'était pas sauvé.

Mais il était enfin en mains humaines.

Épilogue – Le Dernier Silence

Il n'y eut jamais de statue.

Mo ne voulait ni mausolée, ni effigie, ni culte de sa personne.

Il avait mené des batailles, soulevé des peuples, abattu des murs invisibles, et construit un monde plus juste sans tirer un seul coup de feu.

Son nom ne figurait dans aucun traité officiel.

Mais dans chaque école nouvelle, chaque place publique apaisée, chaque constitution réécrite, il y avait l'empreinte silencieuse de son passage.

Avec Naima, il s'était retiré loin de tout.

Une maison blanche en Andalousie, des oliviers, le chant du vent, la lumière sur les murs.

Les visiteurs venaient de loin, parfois.

Des jeunes. Des vieux. Des croyants. Des hackers. Des écrivains. Des enfants silencieux.

Il ne les recevait pas tous.

Mais il leur laissait un jardin ouvert, un banc, un livre posé, une graine à planter.

Juba, fidèle compagnon des heures troubles, gardait les abords.

Les anciens Plaideurs passaient parfois, pour une mise à jour des lois, ou pour s'assurer que tout tenait toujours debout.

Et puis un jour, il ne parla plus.

Il s'assit sous l'olivier central, les yeux fermés, le souffle lent.

On le retrouva au matin, paisible.

Naima le veilla en silence, sans larme.

Il fut enterré sans nom, dans la terre même qu'il avait choisi.

Mais les enfants du monde entier, ce jour-là, récitèrent une même phrase :

"Le Gourou aux yeux jaunes n'est pas mort. Il est devenu lumière."

Et ainsi se termina la vie d'un homme

qui avait tout perdu,

tout affronté,

tout offert.

Et gagné l'essentiel.

FIN

Le Dual